Μια έκκληση προς το κοράκι

Translated to Greek from the English version of
A Plea to the Crow

Reet Miglani

Ukiyoto Publishing

Όλα τα παγκόσμια δικαιώματα δημοσίευσης κατέχονται από

Ukiyoto Publishing

Δημοσιεύθηκε το 2025

Πνευματικά δικαιώματα περιεχομένου © Reet Miglani

ISBN 9789367951248

Με την επιφύλαξη παντός δικαιώματος.

Κανένα μέρος αυτής της έκδοσης δεν επιτρέπεται να αναπαραχθεί, να μεταδοθεί ή να αποθηκευτεί σε σύστημα ανάκτησης, σε οποιαδήποτε μορφή, με οποιοδήποτε μέσο, ηλεκτρονικό, μηχανικό, φωτοτυπικό, ηχογραφημένο ή άλλο, χωρίς την προηγούμενη άδεια του εκδότη.

Τα ηθικά δικαιώματα του συγγραφέα έχουν διεκδικήσει.

Αυτό είναι ένα έργο μυθοπλασίας. Ονόματα, χαρακτήρες, επιχειρήσεις, μέρη, γεγονότα, τοποθεσίες και περιστατικά είναι είτε προϊόντα της φαντασίας του συγγραφέα είτε χρησιμοποιούνται με πλασματικό τρόπο. Οποιαδήποτε ομοιότητα με πραγματικά πρόσωπα, ζωντανά ή νεκρά, ή πραγματικά γεγονότα είναι καθαρά συμπτωματική.

Αυτό το βιβλίο πωλείται υπό την προϋπόθεση ότι δεν θα δανειστεί, δεν θα μεταπωληθεί, θα εκμισθωθεί ή θα διανεμηθεί με άλλο τρόπο, χωρίς την προηγούμενη συγκατάθεση του εκδότη, με οποιαδήποτε μορφή δεσμευτικού ή εξωφύλλου εκτός από αυτό στο οποίο βρίσκεται, ως εμπορικό ή άλλο τρόπο. δημοσιευμένο.

www.ukiyoto.com

ΑΦΙΕΡΩΣΗ

Στον Δαίδαλο μου, που έφτιαξε τα φτερά μου σιδερένια και με άφησε να πετάξω κοντά στον Ήλιο. Σε αγαπώ μαμά.

Αναγνώριση:

Αυτό το βιβλίο θα έπρεπε να είχε πάρει πολύ περισσότερο χρόνο για να γραφτεί γνωρίζοντας με, αλλά είχα επίσης κάποιον που με ήξερε καλύτερα από εμένα.

Μαμά, σε ευχαριστώ που με ρωτάς γλυκά (με εμμονή) για την πρόοδό μου καθημερινά και που με παρακινείς (απειλείς) να γράφω καθημερινά. Αυτό το βιβλίο δεν θα ήταν δυνατό χωρίς εσάς.

Αγαπητή κυρία Jugran,

Σας ευχαριστώ που με κάνετε πάντα να πιστεύω στον εαυτό μου, ανεξάρτητα από τη γλώσσα που έγραψα, και που είστε πάντα ένα μεγάλο σύστημα υποστήριξης για μένα. Η καθοδήγηση και η αγάπη σας έπαιξαν καθοριστικό ρόλο στο να με κάνω το άτομο που είμαι σήμερα, και γι' αυτό είμαι πολύ ευγνώμων.

Και Daada, παρόλο που δεν πήρες ποτέ την ποίησή μου, (ή τα δοκίμιά μου), σε ευχαριστώ που μου έδινες πάντα αυτό το 10/10, το οποίο δεν πήρα ποτέ από τη μαμά (πάντα κολλούσα στο 8,5 μαζί της). Εύχομαι και ελπίζω αυτό το βιβλίο να μου δώσει αυτό το επιπλέον 1,5

Περιεχόμενα

Ασημένιες Ψίθυροι   1

Μεταμφίεση   3

Καλά   5

Η μέρα που ο θάνατος ερωτεύτηκε τη ζωή   7

Οι Αποχρώσεις του Λευκού   9

Ποίηση σε χυμένο κρασί   10

Κόκκινα Ευαγγέλια   11

Διαμονή   12

Θραύσματα Της Θάλασσας   13

Ποίηση σε ένα ποτήρι κρασιού   15

Μάτια και Αστερισμοί   17

Το Ρ Στο Έγκλημα   19

Η κόρη του Σύμπαντος   21

Μια παράκληση στο κοράκι   22

Η Γλώσσα μας   23

3:14 π.μ   24

Πώς πεθαίνουν τα αστέρια	26
Ασημένια σύννεφα	27
Φευγαλέες Μνήμες	29
6 πόδια	30
Αύριο Ξανά	31
Σπασμένη παράδοση	32
πεταμένη τσάντα	33
Αποχρώσεις Του Κόκκινου	34
6:19	36
Το Ταπισερί μου	37
Κατακόκκινα χέρια	38
Χρυσόσκονη	39
Σπασμένα αστέρια	40

Ασημένιες Ψίθυροι

Ένα όμορφο κορίτσι που χορεύει στους γυαλισμένους δρόμους του φεγγαριού. Η σιωπή κυριεύει ακόμα το αεράκι.

Χόρευε σαν να άκουγε τις πιο όμορφες μελωδίες, μουρμουρίζοντας κατά καιρούς μια ή δύο λέξεις.

Έβγαλε τα λόγια κάποιου, κλέβοντας τους ψιθύρους τους.

Συσκευάζοντας τους επαίνους τους, Και κλείνοντάς τους μακριά.

Θα χόρευε μέχρι τα πόδια της να ασημίσουν, Και το πρωί θα τη σκούπιζε. Τραγούδησε μελωδίες γεμάτες μέλι,

Ψίθυροι ανεκπλήρωτης αγάπης.

Έκλεψε τις καρδιές των ανθρώπων μαζί με λοξά βλέμματα Μόνο ένα χτύπημα των ποδιών της, μια ηχώ της φωνής της,

Και ήσουν δικός της.

Τα μεσάνυχτα ήταν η ώρα της να λάμψει, Το φεγγάρι φώτιζε το χλωμό της πρόσωπο,

Το σατέν φόρεμά της μιμείται τη χάρη της. Χόρευε σαν να μην την έβλεπε κανείς, Στα πιο όμορφα τραγούδια που ακούστηκαν.

Αλλά ήρθε μια μέρα που δεν το έκανε. όταν οι κραυγές

στο μυαλό της σταμάτησαν

Αφαίρεσαν τη μουσική της και αφαίρεσαν τις μελωδίες της Και άφησαν μια σιωπή να πέσει στην πόλη των νεκρών.

Μεταμφίεση

Χρυσοί τοίχοι με μια πινελιά μπρούτζου, Ακριβό κρασί, το πιο αγνό αλκοόλ. Πλούσια χρυσοκέντητα εκθαμβωτικά φορέματα, με το απλό φθαρμένο παλιό της φόρεμα.

«Όχι αρκετά καλή» σκέφτηκε καθώς έτρεχε ορμητικά στις αίθουσες,

Επιστρέψτε στο δωμάτιό της με ένα ψαλίδι και ένα φόρεμα πολύ μικρό.

Ύφασμα κόπηκε, αίμα έσταξε, ιδρώτας χύθηκε, δάκρυα έπεσαν, Σήκωσε το βλέμμα της από τη δουλειά της καθώς άκουσε ένα χτύπημα. «Ένα αίτημα για την παρουσία μου» σκέφτηκε χαρούμενη, αλλά ελάχιστα ήξερε,

Όλα ήταν απλώς μια πρόσοψη, τα φιλόξενα χαμόγελα, μόνο για επίδειξη.

Μπήκε στο δωμάτιο με ένα πιο αστραφτερό φόρεμα, περισσότερα διαμάντια, περισσότερα κεντήματα, αλλά με κάποιο τρόπο, δεν ένιωθε ακόμα άξια.

Μια μικρή κορυφή, ένα ολόκληρο θέαμα,

βγήκε μια μάσκα, ξεκινώντας τα γεγονότα για τη νύχτα. Η ταπετσαρία έσκισε, αποκαλύπτοντας κόκκινη σάρκα από αίμα, Ο πολυέλαιος έσπασε, το γυαλί του έγινε νύχια.

Ακούστηκε μια κραυγή, μπορεί να ήταν αυτή ή ίσως όχι.

Της ψιθυρίζει στο αυτί, τα δάκρυα ξεχύνονται,

Ξεσκίζει το φόρεμά της, ουρλιάζει όλο αυτό. Το χτύπημα της πόρτας καθώς έκλεινε, ηχώ των παρακλήσεών της καθώς προσπαθούσε να τρέξει. Ίσως ήταν η μοίρα, ίσως όχι,

Αλλά η μεταμφίεση ήταν γραφτό να μετατραπεί σε σφαγή

Καλά

Η τέχνη δεν λυπάται κανέναν. Δεν γλιτώνει λάθη, καμία γραμμή δεν πήγε στραβά, καμία καμπύλη δεν έμεινε ημιτελής, ωστόσο η τέχνη συγχωρεί τόσο εύκολα. Μετατρέπει τα χυμένα σου δέντρα, τα γλιστρήματα σου σε φύλλα, τους λεκέδες σου με το μελάνι σου σε επιτάφιους κόκκινους, πίνακες υφανμένους από τη σειρά των λέξεων που άφησες ανείπωτη. Παίρνει το σπασμένο πινέλο σου και το μετατρέπει σε σύννεφα μπλε, παίρνει το τρέμουλο χέρι σου και το λιώνει με την ηλιόλουστη απόχρωση. Παίρνει τους ψιθύρους της εξιλέωσής σου και τους μετατρέπει σε ταφόπλακες για τους νεκρούς, παίρνει το χυμένο δάκρυ σου και το μετατρέπει σε κοίτη ποταμού. Τότε πες μου γιατί φοβόμαστε τόσο την τέχνη, τόσο φοβόμαστε τους αριθμούς σε κλίμακα που δεν υπάρχουν στους πίνακές μας, γιατί φοβόμαστε τόσο την ομορφιά που μένει ατιμώρητη, γιατί φοβόμαστε τόσο τα λάθη χωρίς συνέπειες; Αγάπη μου, είμαι βέβαιος ότι ξέρεις ότι η τέχνη δεν λυπάται κανέναν, είναι αδυσώπητη, είναι ανταγωνιστική, είναι τελειομανής, θα σε φθείρει πρωί με βράδυ, βράδυ με πρωί ο κύκλος επαναλαμβάνεται. αλλά αγάπη μου αυτό είναι ένα τίμημα που πληρώνουμε, γιατί η τέχνη είναι τόσο ελεήμων, με τον δικό της όμορφο τρόπο.

Η μέρα που ο θάνατος ερωτεύτηκε τη ζωή

Την ημέρα που ο θάνατος ερωτεύτηκε τη ζωή, ακουγόταν φλυαρία ανάμεσα στα λουλούδια. Ο αέρας σφύριζε σιγανά, απορροφημένος στη συνομιλία τους. Ο Ήλιος είχε κρυφτεί πίσω από ένα λευκό πλέγμα. ντροπαλός σε συζητήσεις αγάπης, και η ημισέληνος του φεγγαριού ήταν ακόμα ορατή. η ισορροπία σε αυτή την ισορροπία εξέχουσα. Η απαλή λάσπη χαραγμένη με τα ίχνη της ανθρωπότητας άφηνε αυτούς τους ψιθύρους να μουλιάσουν και οι οφειλόμενες σταγόνες στο πράσινο φύλλωμα κοιτούσαν ο ένας τον άλλον με μια απορία στα μάτια.

Η μέρα που ο θάνατος ερωτεύτηκε τη ζωή, ήταν η μέρα που την κοίταξε στα μάτια. Ήταν η μέρα που αναρωτήθηκε πώς κάποιος τόσο κατεστραμμένος θα μπορούσε ποτέ να αγγίξει κάτι τόσο αγνό, τόσο όμορφο, οπότε δεν το έκανε. Αποφάσισε να την ακολουθήσει στα πέρατα της Γης. Την ημέρα που ο θάνατος ερωτεύτηκε τη ζωή, είπε στον χρόνο να περιμένει, έτσι και εκείνη, περίμενε την αιωνιότητα να επιστρέψει ο σύντροφός της, αλλά ο θάνατος είχε ερωτευτεί. Ο θάνατος είχε ερωτευτεί τόσο απελπιστικά και τραγικά τη ζωή που τα λουλούδια γύρω του έλαμπαν ένα όμορφο χρυσάφι και τα πουλιά γύρω του έμοιαζαν να τραγουδούν τα πιο όμορφα τραγούδια. Ο θάνατος είχε ερωτευτεί τόσο απελπιστικά τη ζωή που φοβόταν να την αγγίξει, αν την έπαιρνε μακριά, κι έτσι παρακολουθούσε από απόσταση, παρακολουθούσε πώς θεράπευε όλους γύρω της, ίσως και αυτόν. Ίσως ακόμη και ο θάνατος θα μπορούσε να ζήσει, και ίσως η ζωή θα μπορούσε να ερωτευτεί τον θάνατο. Αλλά ο χρόνος γινόταν μοναχικός, αποχωρίστηκε από τον μοναδικό της σύντροφο, έτσι για πρώτη φορά, χωρίστηκε από τον θάνατο και έκανε το ρολόι να χτυπήσει 12 ούτως ή άλλως, και

ο θάνατος αναγκάστηκε να αφαιρέσει τη ζωή.

Τα σύννεφα δάκρυσαν, η λάσπη έκλαψε και ξεβράστηκε. Η Σελήνη θρήνησε μια ζωή, σκεπάζοντας την ημισέληνο της με ένα μαύρο πέπλο, και ο Ήλιος πήγε να τη φέρει πίσω. Ο άνεμος ούρλιαξε δυνατά, οι οφειλόμενες σταγόνες ρουφήχτηκαν στην καταιγίδα. την ημέρα που ο θάνατος ερωτεύτηκε τη ζωή, ο κόσμος διαλύθηκε.

Οι Αποχρώσεις του Λευκού

Θολώνεις το κεφάλι μου, Οι αποχρώσεις του μαύρου. Η επίπεδη γραμμή μουδιασμένη. Ένα χρώμα, ένα απαλό άγγιγμα. Χύθηκες στις φλέβες μου, δίνοντας το χέρι μου στην Εύα, Το Πρίσμα φωτίζει τις αποχρώσεις μου.

Ένα συννεφιασμένο κεφάλι, βαμμένο με γκρι. Αιμορραγικό στέμμα

Το κεφάλι του ήταν βαρύ Η ιστορία του θανάτου του Το στέμμα αιμορραγούσε

Ποίηση σε χυμένο κρασί

Θα σου τυλίξω το ηλιοβασίλεμα με μια χρυσή κορδέλα, Μια νότα μόσχου και ομορφιάς ξεδιπλώνονται.

Ακτίνες που ξεχύνονται από τα κενά σαν κρασί, Η άμμος τελειώνει, σημαδεύοντας την εποχή μας. Θα φιλήσω τα νερά σε ένα ρυάκι για σένα, Πες τη λέξη και θα αποχαιρετήσω τη ζωή μου. Αίμα που λερώνει τα ήρεμα νερά σαν κρασί, Η άμμος τελειώνει, σημαδεύει την εποχή μας. Θα παρασύρω τον άνεμο σε ένα καλάθι με βελονάκι, Από το σπίτι του θα το πάρει πιο μακριά.

Κόκκινη σκόνη ψαμμίτη που λερώνει τον αέρα σαν κρασί, Η άμμος τελειώνει, σημαδεύει την εποχή μας.

Θα αιχμαλωτίσω το φεγγάρι ανάμεσα σε σύννεφα από ασήμι, και θα σας το παρουσιάσω σε μια κρυστάλλινη πιατέλα κάτω από το ποτάμι. Το θυμωμένο κόκκινο φεγγάρι μας λάμπει σαν χυμένο κρασί, Η άμμος τελειώνει, σημαδεύει την ώρα μας.

Θα βουτήξω τον αγαπημένο σου κρύσταλλο στις θυμωμένες θάλασσες, Βουτηγμένος στις ακτίνες του ήλιου,

Ανθίζοντας με την ουσία της απόρριψης δέντρων. Θα σου δώσω τον κόσμο σε μια όμορφη ροζ συσκευασία, Γιατί ίσως τότε, το βλέμμα σου να κολλήσει πάνω μου.

Κόκκινα Ευαγγέλια

Δεν ψιθυρίζεις λέξεις αλλά ποίηση, Όχι προτάσεις αλλά μπαλάντες,

Βουτηγμένο σε μέλι και τυλιγμένο σε χρυσό,

Δεν ψιθυρίζεις λέξεις αλλά ιστορίες, αλλά ανείπωτες, δεν τραγουδάς τραγούδια, αλλά κραυγές,

Όχι στίχοι αλλά κλάματα,

Γεμάτη χαμένη ελπίδα και ξεχειλισμένη από δάκρυα, δεν τραγουδάς τραγούδια αλλά πόνο ανακατεμένο με φόβο.

Χορεύεις όχι βήματα αλλά συγκίνηση, Όχι κομμάτια αλλά ζέση.

Κάθε στρίψιμο που πληγώνει τον αστράγαλό σου, Χορεύεις όχι βήματα αλλά βασανίζεσαι. Δεν ζωγραφίζεις εικόνες αλλά ιστορίες, Όχι τέχνη αλλά χρονικά,

Βαμμένα με κόκκινο αίμα, οι ιστορίες για τον πόλεμο.

Δεν ζωγραφίζεις εικόνες αλλά ευαγγέλια. άνθρωποι που εκλιπαρούν για περισσότερα.

Δεν αφηγείστε ιστορίες αλλά το τέλος τους, Ιστορίες ούτε ηρώων ούτε κακών, Κάθε πρόταση πλησιάζει οδυνηρά στο τέλος, Δεν αφηγείστε ιστορίες αλλά τον χαμό σας.

Διαμονή

Μείνε στη ζωή μου. Ξεχάστε ένα μέρος του εαυτού σας και επιστρέψτε για να το πάρετε χρόνια αργότερα, ανακατέψτε την πόρτα νευρικά με τα χέρια σας στις τσέπες, προσπαθώντας να σκεφτείτε λόγια να πείτε. Ζητήστε «πέντε λεπτά ακόμη», καθώς το ξυπνητήρι σας ξυπνά, πέντε ακόμη λεπτά πριν σας παρασύρει ο άνεμος.

Μείνε στη ζωή μου. Τηλεφώνησέ με στις 3:12 π.μ. με τη σκληρή σου ανάσα να λέει όλα όσα έχεις να πεις, γράψε μου αυτό το email και διάγραψέ το, αλλά σε παρακαλώ συνεχίστε να μου γράφετε ούτως ή άλλως.

Μείνε στη ζωή μου. Κοίτα με στο διάδρομο, άνοιξε το στόμα σου και δεν πειράζει αν δεν ρέουν τα λόγια, απλά θυμήσου να με κοιτάς στα μάτια όπως έκανες όλες αυτές τις φορές. Περάστε από δίπλα μου, γυρίστε να ζητήσετε συγγνώμη και θα το αφήσω να φύγει αν με κοιτάξετε με αυτό το βλέμμα στα μάτια σας, απλά θυμηθείτε να μείνετε.

Μείνε στη ζωή μου. Ξεχάστε ένα μέρος του εαυτού σας και υπόσχομαι ότι θα το κρατήσω ασφαλές, ανακατέψτε την πόρτα με νευρικότητα και υπόσχομαι να σας καλέσω μέσα, να παρακαλέσω για πέντε λεπτά ακόμα και ορκίζομαι ότι θα σας δώσω μια ζωή, απλά σας παρακαλώ, υπόσχομαι να μείνετε .

Θραύσματα Της Θάλασσας

Έρχεται και φεύγει σαν τις παλίρροιες ενός κάποτε όμορφου ωκεανού,

Σκουπίζοντας τα αποτυπώματα στην άμμο. μια τελευταία υπενθύμιση της ύπαρξής μας.

Παρασύρει βράχους, ενσωματωμένους με δηλώσεις αγάπης.

Είναι ένα τσουνάμι, είναι ένα απαλό πινέλο.

Με σπάει στα δύο, με ξαναπλάθει στην παλάμη του Με κρατάει όμηρο. εγώ στα τακούνια της δημιουργίας μου.

Με κάνει να παρακαλώ να κλαίω ελπίδα, Είναι μια καταστροφή, μια σωτήρια πινελιά.

Τραγουδάει τις κραυγές όσων έχουν χάσει τη φωνή τους, Χορεύει για όσους δεν μπορούν να κινηθούν άλλο.

Κάνει κάποιον να γράφει πεζογραφία μετά από πεζογραφία, Είναι η λύτρωσή μου, είναι ο χαμός μου.

Είναι η μυρωδιά της λάσπης μετά τη βροχή,

Είναι η ολίσθηση του ποδιού με το πάτωμα να είναι βρεγμένο. Είναι τα γδαρμένα γόνατα και οι αιμορραγικοί αγκώνες,

Είναι ένα βοήθημα, είναι μια πληγή από σφαίρα.

Έρχεται και σκοτώνει σαν τα κύματα ενός θυμωμένου ωκεανού, Σκουπίζοντας χαρούμενες αναμνήσεις και ακόμα ανθρώπους.

Παρασύρει την ελπίδα, την τελευταία σωτήρια χάρη. Είναι θέλησή μου να ζήσω, είναι θέλησή μου να μην.

Ποίηση σε ένα ποτήρι κρασιού

Ήταν ποίηση σε ποτήρι κρασιού. Οργίστηκε, ούρλιαξε, έκλαψε, έχυσε. Πονούσε, λερώθηκε, έπεσε, κύλησε.

Έβαλε τα συναισθήματά της σε ένα vintage μπουκάλι κρασιού,

Η οργή της ταρακουνούσε το οινοποιείο και έσπασε τα κελύφη. Ασφάλισε το οινοποιείο με έναν τοίχο από ατσάλι,

Μέχρι που κάποιος τα χάλασε μαζί με το οινοποιείο της. Έκανε μια ενότητα για κάθε συναίσθημά της,

Μια ποικιλία κρασιών που γεμίζει τα τμήματα. Οργή πείνα απελπισία απελπισία, Όλα γεμάτα με τα πιο πλούσια κρασιά.

Ένας σωρός από ιστούς αράχνης όμως εκεί που έπρεπε να είναι ο ερωτάς της.

Μέρες που περνούσε κοιτάζοντας το άδειο ντουλάπι, Μερικές φορές προσπαθούσε να χωρέσει σε ένα ή δύο κρασί. Αλλά κανένα κρασί δεν αισθάνθηκε αρκετά σπασμένο

Κανένα κρασί δεν αισθάνθηκε αρκετά σάπιο.

Ήταν πάθος, ψυχραιμία, ζεστασιά, σκληρότητα Όλα αναμεμειγμένα σε μια γεύση που κανείς δεν προτιμούσε. Ήταν το κρασί που δεν παλαίωσε καλά,

    Το σταφύλι που ανακάτεψε λίγο πολύ ξινό.

Μάτια και Αστερισμοί

Κλισέ που μισούσα περισσότερο από τον ρομαντισμό,

Αλλά όταν τα μάτια του φωτίστηκαν σαν τους αστερισμούς που τόσο αγαπούσε,

Σπινθηροβόλο με κάτι που δεν μπορούσα να βάλω το δάχτυλό μου, το άφησα να γλιστρήσει και ξανασκέφτηκα.

Αναβλύζει και συνθλίβει μισούσα περισσότερο από τον ρομαντισμό,

Αλλά όταν ρωτήθηκε γι 'αυτόν και έχει τόσα πολλά να πει, αλλά τα λόγια δεν αισθάνονται απλώς παραπλανητικά,

Το άφησα να γλιστρήσει και ξανασκέφτηκα.

Τριαντάφυλλα και σοκολάτες μισούσα περισσότερο από τον ρομαντισμό, αλλά βλέποντάς τον να μυρίζει ενθουσιασμένος τα τριαντάφυλλα και να τρώει τη σοκολάτα,

Οι φίλοι του ψιθυρίζοντας για τον κρυφό εραστή του, το άφησα να γλιστρήσει και το ξανασκέφτηκα.

Κλεμμένες ματιές που μισούσα περισσότερο από τον ρομαντισμό,

Αλλά με τα μάτια του να κρατούν μια προκλητική λάμψη, που δεν υποχωρεί ακόμα και μετά τη συνάντησή μου,

Απαθανάτισα τη στιγμή πριν το αφήσω να γλιστρήσει. Σκεφτόμουν πολύ μαζί του.

Σκέψου, σβήσε, σκόνταψε, πέσε.

Η ροή της ζωής μου ξετυλίχθηκε γρήγορα, Σαν να κόπηκαν οι χορδές της.

Αλλά δεν με πείραξε,

Γιατί όπως τον παρατηρούσα από μακριά,

Άφησα τη σκέψη να γλιστρήσει και χαμογέλασα για άλλη μια φορά.

Το Ρ Στο Έγκλημα

Ήθελα να προσποιηθώ λίγο ακόμα κι έτσι, τύφλωσα τα μάτια μου, και κούφασα τα αυτιά μου.

«Γίνε ήρωας»

Τα λόγια του αντηχούν στον εγκέφαλό μου «Σώστε τον κόσμο σας»

Κοροϊδίες με κατακλύζουν «Αλλά θα σώσω το δικό μου»

Ένα δώρο αποχωρισμού, μια υπόσχεση,

Για να σώσει κάποιον που δεν χρειαζόταν αποθήκευση. Από τον εγκληματία στο έγκλημα.

Τίναξα αυτές τις σκέψεις μακριά,

Καθώς ένιωσα μια αίσθηση σέρνεται στο πόδι μου, ψίθυρους υποσχέσεων που δεν έχουν γίνει ακόμα, αποσπάσματα μιας ζωής που δεν έχω ζήσει ακόμα.

«Οι ήρωες φτιάχνονται από το μονοπάτι που επιλέγουν και όχι από τις δυνάμεις με τις οποίες χαρίζονται». Δύναμη, είχα, και ένα μονοπάτι που διάλεξα,

Αλλά καθώς άνοιξα τα μάτια μου και τον είδα από κοντά,

Αναρωτήθηκα αν το λάθος έπρεπε να το αισθάνομαι σωστά. Ένα χαμόγελο κόσμησε τα χείλη του που άθελά μου καθρέφτησα Βλέποντας τις φλόγες να βρυχώνται, κάνοντας τον κόσμο να καίγεται.

Δεν ήθελα πια να προσποιούμαι. Έτσι, έσκισα τη

μεταμφίεσή μου,

Έσκισε την κάπα, Μαύρισε το πρόσωπό μου

Και περπάτησε προς το μέρος του. «Είχε σώσει τον κόσμο του»

σκέφτηκα καθώς περνούσα τα δάχτυλά μου μέσα από τα δικά του. «Και είχα εγκαταλείψει το δικό μου»

Δύο εγκληματίες, χαμένοι στην ευδαιμονία του εγκλήματος.

Η κόρη του Σύμπαντος

«Το σύμπαν είναι μυστηριώδες», νομίζω. Διπλώνει και ξεδιπλώνει, αποκαλύπτει και κρύβει, φτιάχνει και σπάει, αλλά κρατά τις αλήθειες της κρυμμένες κάτω από ένα σωρό κρυφτούλι. Αυτή δημιουργεί τους πλανήτες, το φεγγάρι, τα αστέρια, και για κάποιο λόγο, δημιούργησε εμένα. Αυτή που έχει τη δύναμη να διαμορφώσει το σύμπαν, να κοιμίσει τον Ήλιο και να κάνει τη Σελήνη ημισέληνο και μετά αόρατο. αυτή με δημιουργεί. Αλλά μετά σκέφτομαι, ίσως δεν με δημιούργησε για μένα. Νομίζω ότι υπάρχω για σένα, γιατί μπορεί να διπλωθεί, να ξεδιπλωθεί, να αποκαλύψει, να κρυφτεί, να φτιάξει και να σπάσει, αλλά ξέρω ένα πράγμα για το σύμπαν. δεν έπρεπε να έχει τα αγαπημένα της, αλλά νομίζω ότι αυτό ήταν πριν γίνεις εσύ.

Μια παράκληση στο κοράκι

Αγαπητέ κοράκι,

Σε έχω ακούσει να θυμάσαι πρόσωπα. Θυμάσαι την καμπύλη του μάγουλου και την κλίση της μύτης. Θυμάσαι τη βουτιά των ματιών και το σήκωμα των χειλιών. Θυμάσαι την ευγένεια ενός γέλιου και τις αιχμηρές άκρες ενός τόνου. Σε ρωτάω λοιπόν, με όλη την ελπίδα στην καρδιά μου, θυμάσαι τον εραστή μου; Θυμάστε το ροζ στο πρόσωπό τους, τον ωκεανό στα μάτια τους και τον Ήλιο σε αυτά; Θυμάσαι τον εραστή μου ως κοσμικό ή τον θυμάσαι σαν έναν άλλο άνθρωπο που έσβησε ένα μπολ με νερό για σένα; Τους θυμάσαι καθόλου; Σας ικετεύω, αν θυμάστε το χαμόγελό τους, ή ακόμα και το συνοφρυωμένο τους, δώστε μου ένα κομμάτι από αυτά. Αγαπητέ κοράκι, αν ποτέ βρεις ένα κομμάτι του σύμπαντος, κρυμμένο κάπου πίσω από το καφέ των φωλιών σου και το μπλε της στέγης σου, σε ικετεύω, δώσε μου το σύμπαν μου.

Η Γλώσσα μας

Είμαι αδύναμος στα μαθηματικά. Η τριγωνομετρία με τρομάζει, και προσποιούμαι ότι δεν υπάρχει ολοκλήρωση, αλλά ξέρω ότι το 1+1 δεν είναι 11, είναι 2, γιατί κανένα από τα δύο δεν είναι μεγαλύτερο από το άλλο, κανένα δεν μπορεί να πάρει τη θέση του δέκατου, και ίσως αυτό δεν είναι πραγματικά πώς λειτουργεί η προσθήκη, αλλά ήλπιζα ότι έτσι λειτουργούσε και με εμάς. Αντίθετα, πήρες το δέκατο και με άφησες με ένα, και σκέφτηκα ότι ίσως το 1 είναι καλύτερο από το 01, επομένως δεν μου αρέσουν ακόμα τα μαθηματικά, αλλά νομίζω ότι ίσως ποτέ δεν ήμουν εγώ που δεν κατάλαβα μαθηματικά, ίσως αυτό ήταν απλώς εσείς.

3:14 π.μ

3:14 π.μ

Πέμπτη

Δεν θέλω να με αγαπήσει πίσω. Παράξενο σωστά; Περνάμε κάθε στιγμή μαζί, κάθε μέρα ξεκινάει ανοίγοντας τη συνομιλία του και χαμογελώντας στα μηνύματά του επειδή ξυπνάει νωρίς, και κάθε μέρα τελειώνει με το να του στέλνω ένα γιατί κοιμάμαι αργά, αλλά δεν θέλω να με αγαπήσει πίσω. Κάθε γενέθλια, κάθε διακοπές, κάθε επίτευγμα, και είναι η πρώτη μου κλήση. Η οικογένειά του με αποκαλεί παιδί τους και είναι το πρώτο αγόρι που αγαπά η μαμά μου. Κάθε ανόητη λογομαχία και κάθε φρικτή μέρα, τελειώνουν με τον ίδιο να με κάνει να γελάω, αλλά δεν θέλω να με αγαπήσει πίσω.

Αστείο σωστά; Ο κόσμος μου περιστρέφεται γύρω από αυτόν. Δεν το ξέρει, αλλά μαθαίνω πώς να παίζω όλα αυτά τα βιντεοπαιχνίδια που του αρέσουν και κερδίζω χρήματα για να αγοράσω εισιτήρια πρώτης σειράς για το συγκρότημα που αγαπά τόσο πολύ. Ξυπνάω νωρίτερα από ό,τι συνήθως για να του κάνω έκπληξη πριν φύγει για το κολέγιο και κοιμάμαι πιο αργά από ό,τι συνήθως, ώστε να μπορέσω να τελειώσω αυτό το λεύκωμα για την επέτειο 1 έτους (σημείωση - λάβετε τις εκτυπώσεις) και είναι τόσο προφανές Είμαι ερωτευμένος μαζί του, αλλά δεν θέλω να με αγαπήσει πίσω. Δεν θέλω να με αγαπήσει πίσω γιατί αν το κάνει, αυτό γίνεται τόσο αληθινό. Αν με αγαπήσει πίσω, γίνεται τόσο τρελός όσο εγώ, οπότε όχι, δεν θέλω να με αγαπήσει πίσω, γιατί όλοι οι ποιητές που αγαπιούνται, γράφουν ποιήματα για ραγίσματα.

Πώς πεθαίνουν τα αστέρια

Η αγάπη μου γι' αυτήν ήταν τόσο δυνατή που μπορούσε να συναγωνιστεί μια σουπερνόβα. Ούρλιαξε, φώναξε, ήταν το παιδί που γλίτωσε φωνάζοντας από τον γκρεμό, γελώντας και κλάματα και λέγοντας σε όποιον άκουγε. ήταν μια έκρηξη. Ήταν δυνατά και ήταν υπέροχα και έσκαγε και ήταν η βροχή. Η αγάπη μου γι' αυτήν ήταν τόσο δυνατή που μπορούσε να συναγωνιστεί τη γέννηση ενός αστεριού. ήταν τόσο υπέροχο που τρέλανε τους ποιητές.

Αλλά μετά είδα το χαμόγελό της ένα τυχαίο πρωινό Κυριακής, μόνο μια γεύση από ένα χαμόγελο, μια απαλότητα και ευκολία στα βήματά της, πώς ένιωθε σαν στο σπίτι της και πώς απλά ήξερα ότι επρόκειτο να γυρίσει το κεφάλι της, να το γείρει και να πει «Αντίο», και ήξερα, ήξερα ότι έτσι πεθαίνουν τα αστέρια.

Ασημένια σύννεφα

Νομίζω ότι μισώ το ασημί χρώμα. Το μισούσα όταν το φόρεσα στο βάθρο για πρώτη φορά, και το μισούσα όταν το έβαλα στον τοίχο μου και συγκρούστηκε με τη χρυσή επένδυση των ραφιών μου, αλλά νομίζω ότι το μισούσα περισσότερο από όλα όταν άνοιξα τα γενέθλια δώρο που πήρες για να δω μια ασημένια αλυσίδα μέσα. Είχα απομνημονεύσει τις αγαπημένες σας ποδοσφαιρικές ομάδες από καρδιάς, παρόλο που ποτέ δεν μπορούσα να καταλάβω τι συμβαίνει. Ήξερα όλα τα αγαπημένα σας anime και το αγαπημένο σας φαγητό. το παλιό Falafel κάτω από το τετράγωνο. Είχα απομνημονεύσει τους αριθμούς των φίλων σου σε περίπτωση που το τηλέφωνό μου σταματούσε να λειτουργεί ξανά στους δρόμους της Ταϊλάνδης και έπρεπε να ελέγξω το μέγεθος του παπουτσιού σου γιατί είχα βρει ένα ζευγάρι που ήξερα ότι θα σου άρεσε, αλλά δεν μπορούσες να τα δεις όλα αυτά τα χρυσά κολιέ που φοράω. Δεν μπορούσες να θυμηθείς την εποχή που φώναζα για το πώς με ξεβράζει το ασήμι, οπότε δεν μπορούσα να αγοράσω αυτό το τοπ που τόσο αγαπούσα, και πώς έπρεπε να αλλάξω τα σκουλαρίκια που αγόρασε η μαμά μου για μένα επειδή το ασήμι δεν ήταν το χρώμα μου. Για το πώς είχα αγοράσει το αγαπημένο μου χρυσό κολιέ σε εκείνο το φρικτό οδικό ταξίδι με τους φίλους μας και πώς είχα επενδύσει τον πάγκο μου με χρυσά κοσμήματα. απλά δεν μπορούσες να θυμηθείς. Λοιπόν, ναι, μπορεί να ήταν χάλια το να πάρεις ένα ασημένιο μετάλλιο στη 2η τάξη, αλλά το να πάρεις αυτή την ασημένια αλυσίδα από σένα πόνεσε πολύ περισσότερο, γιατί απλά δεν μπορούσες να θυμηθείς. Τα σύννεφα μου δεν είχαν ποτέ ασημένια επένδυση. ήταν πάντα εντελώς χρυσά, αλλά για πρώτη φορά από τη δεύτερη δημοτικού, έκανες τα σύννεφα μου να πέφτουν ασημένια βροχή σήμερα.

Φευγαλέες Μνήμες

Οι αναμνήσεις είναι τόσο φευγαλέες. Ορκίζομαι ότι πέρασε ένας χρόνος, και το ξέρω γιατί θυμάμαι κάθε μέρα μαζί σου, ή ίσως είναι κάθε συζήτηση και όχι η μέρα γιατί οι αναμνήσεις είναι τόσο φευγαλέες, αλλά το έχω ήδη αναφέρει; Οπωσδήποτε. Ξεχνώ πολλά. Το αν είχα δημητριακά για πρωινό ή το παρέλειψα εντελώς είναι κάτι που δεν μπορώ να θυμηθώ ακόμα μετά από τόσα χρόνια, αλλά ξέρω ότι μου το θύμισες 12476 φορές, γιατί θυμάμαι κάθε συζήτηση μαζί σου ή ίσως ήταν μόλις 1, τις άλλες 2476 φορές σε θυμόμουν, αλλά τι ξέρω, πάντα έλεγες ότι είμαι αδύναμος στα μαθηματικά πάντως. Το θυμάμαι, αλλά δεν νομίζω ότι σε θυμάμαι πια. Είναι αστείο, γιατί ακόμα ξυπνάω στις 6:17, ακριβώς ένα λεπτό πριν από εσένα, ακόμα δεν ξέρω γιατί, αλλά ίσως αυτό οφείλεται στο ότι οι αναμνήσεις δεν είναι φευγαλέες. μερικοί από αυτούς ενσωματώνονται μέσα μας και οι υπόλοιποι επιστρέφουν σε όποιον ανήκουν. Ίσως μόνο εμείς ήμασταν φευγαλέοι.

6 πόδια

Μισούσε τη διαφορά ύψους τους. Έτρεχε από πάνω της και γελούσε όταν φορούσε τα μεγαλύτερα τακούνια της και ήταν ακόμα πιο κοντή από αυτόν. Χτυπούσε ελαφρά τον ώμο του, μουρμουρίζοντας κατάρες και βωμολοχίες, κι εκείνος γελούσε και την έφερνε πιο κοντά. ήταν στημένο, ήταν όμορφο, ήταν σπίτι. Αλλά τα σπίτια γκρεμίζονται όταν ανοίγουν οι πύλες της πλημμύρας, και καθώς τα δάκρυά της έτρεχαν, κάνοντας τη λάσπη από κάτω της υγρή, ήταν τελικά πιο ψηλή από αυτόν. Ήταν ακόμα 5'4, αλλά τώρα εκείνος ήταν 6 πόδια κάτω.

Αύριο Ξανά

Εύχομαι στο αστέρι που πέφτει το αύριο να φύγει. Για να λάμπουν τα αστέρια, για να κοιμούνται τα πουλιά και για να μείνει το σκοτάδι. Εύχομαι στο αστέρι που πέφτει το αύριο να φύγει. Εύχομαι τα αστέρια να λάμπουν, αλλά εύχομαι και να πέσουν, γιατί πώς να ευχηθώ αν μείνουν φωτεινά και ζωντανά στο σκοτάδι; Αλλά μετά θυμάμαι ότι υπάρχουν σουπερνόβα, και δεν είμαι παιδί της επιστήμης, αλλά είμαι των άστρων, και ξέρω ότι για να λάμψει κάποιος θα πρέπει να καεί. Σκέφτομαι τους σουπερνόβα και τα αστέρια και τους γαλαξίες και το σύμπαν, αλλά ξεχνάω να ευχηθώ στο αστέρι που πέφτει το αύριο να φύγει. Το αστέρι πέφτει, η αυγή ραγίζει. είναι αύριο πάλι.

Σπασμένη παράδοση

Ήταν παράδοση. Ήταν το παλιό, τσαλακωμένο, ελαφρώς λεκιασμένο βιβλίο που κρατούσα στην τσάντα μου από τότε που ήμουν τρίτος. Ήταν τα αποξηραμένα λουλούδια που είχα πλαισιώσει στο ράφι μου. το πρώτο που είχα πάρει ποτέ. Ήταν εκείνη η γεύση σοκολάτας που είχα αποφασίσει όταν, ήμουν μόλις δύο. τα μικρά τυλιγμένα με αλουμινόχαρτο που φαινομενικά έχουν όλες οι γιαγιάδες ως δια μαγείας. ήταν σπίτι. Αλλά μετά μεγάλωσα και έπρεπε να φύγω από το σπίτι μου. Το αγαπημένο μου βιβλίο συσκευάστηκε σε ένα κουτί από χαρτόνι. ξεχασμένη και σκονισμένη. Το αυτοκίνητό μου δεν είχε χώρο για τα παλιά λουλούδια, αφού είχα πάρει τόσα πολλά καινούργια, οπότε πήγαν στον κάδο. Η αγαπημένη μου σοκολάτα έγιναν εκείνες οι ακριβές με χρυσή επίστρωση που δεν είχαν γεύση σοκολάτας, και η παράδοση, και αυτός, και οι δύο μου έγιναν ξένοι.

πεταμένη τσάντα

Γυρνάω από το σχολείο και είμαι κουρασμένη και κάνει ζέστη και αφήνω την τσάντα μου στην πόρτα γιατί απλά ξέρω ότι θα γυρίσει πίσω σε μένα και ορμάω στο δωμάτιό μου και ξαπλώνω. Η μαμά μου μπαίνει με ένα πιάτο κομμένα μάνγκο και είμαι πολύ ενοχλημένη και θέλω να φύγει γιατί είμαι κουρασμένη και κάνει ζέστη και ξέρω απλά ότι η τσάντα μου θα γυρίσει πίσω σε μένα. Κοιμάμαι για μια ώρα, ή ίσως ήταν περισσότερο γιατί όταν ξυπνάω η τσάντα μου δεν έχει γυρίσει προς το μέρος μου. Είμαι ακόμα κουρασμένος και κάνει ακόμα ζέστη αλλά η τσάντα μου είναι έξω. Φωνάζω τη μαμά μου για εκείνα τα μάνγκο που υπάρχουν, μόνο που δεν υπάρχουν πια. Δεν έχει περάσει ούτε μία ώρα, έχει περάσει πολύς ακόμη, και είμαι ακόμα κουρασμένη και κάνει ακόμα ζέστη, αλλά αυτή τη φορά πρέπει να κόψω τα δικά μου μάνγκο, γιατί δεν είμαι πια σπίτι και η μαμά μου δεν είναι. η μαμά μου πια.

Αποχρώσεις Του Κόκκινου

Ποτέ δεν σκέφτηκε ότι το κόκκινο ήταν πρωταρχικό χρώμα. Είδε τον θυμό του πατέρα του και την αγάπη της μητέρας του. Είδε τα άδεια μπουκάλια και τις στάχτες, και μπλε και μοβ λεκέδες στο δέρμα. Είδε τις άσπρες γραμμές στο τραπέζι, και τις άσπρες γραμμές στους καρπούς, και αναρωτήθηκε, πώς είναι δυνατόν ο θυμός να είναι κόκκινος, αλλά και η αγάπη; Πώς θα μπορούσε η οργή του πατέρα του να είναι η ίδια απόχρωση της άνεσης της μητέρας του; Μετά είδε την έκφραση στο πρόσωπο του μπαμπά του όταν ο αδερφός του γύρισε σπίτι μετά από πολλά χρόνια, και την έκφραση στο πρόσωπο της μαμάς του όταν άνοιξε το πορτοφόλι της, και το μόνο που βγήκε ήταν μια δεκάρα, και σκέφτηκε ότι η αγάπη και ο θυμός δεν μπορούσαν». δεν υπάρχουν το ένα χωρίς το άλλο. Ίσως για να υπάρχει αγάπη, πρέπει να υπάρχει κρυμμένος θυμός, και για να λάμψει ο θυμός, η αγάπη πρέπει να είναι θαμμένη βαθιά, και ίσως και ο θυμός και η αγάπη να είναι κόκκινα επειδή υπάρχουν πάντα μαζί, με κάποιον περίεργο και στρεβλό τρόπο. Ίσως δεν έχουμε δει ποτέ το χρώμα της αγάπης, γιατί πάντα υπήρχε θυμός μαζί του, μετατρέποντας την αγάπη σε κόκκινο. Μια μητέρα που αγκαλιάζει το παιδί της που κλαίει το λατρεύει, κι όμως είναι θυμωμένη με τον κόσμο που έκανε το αγοράκι της να κλάψει. Το κόκκινο της είναι διαφορετικό από αυτό ενός παίκτη που μόλις κέρδισε, αλλά παρ' όλα αυτά είναι κόκκινο. Ίσως γι' αυτό υπάρχουν τόσες πολλές αποχρώσεις του κόκκινου, επειδή το κόκκινο δεν είναι βασικό χρώμα, χρειάζεται απλώς δύο για να σχηματιστεί.

6:19

Εξακολουθώ να ξυπνάω στις 6:17, ακριβώς ένα λεπτό πριν από σένα, αλλά δεν είσαι εδώ, είσαι τέσσερις ώρες μπροστά, οπότε ίσως στη ζωή σου να κοιμάμαι ακόμα, έχω ακόμα τα μαλακά σεντόνια τυλιγμένα. Είμαι ακόμα στο κρεβάτι και είμαι ακόμα στο όνειρό μου. Αλλά ίσως είμαι 20 ώρες μπροστά σου. Ίσως τελείωσα με τη μέρα μου και τη λέω νύχτα. Ίσως απλά επιστρέφω σπίτι στη ζωή σου, στην ώρα σου, και πάω για ύπνο. Αλλά δεν πειράζει, γιατί και στις δύο φορές είμαι ακόμα στο κρεβάτι, κι εσύ είσαι ακόμα μακριά, και ξέρω ότι νομίζεις ότι είμαι εγωιστής, αλλά χρειάζομαι περισσότερες από 24 ώρες την ημέρα, γιατί ίσως τότε Θα ξυπνήσω στις 6:19.

Το Ταπισερί μου

Κοσκινίζω τα τέρατα σου, Ένας λαβύρινθος με την έξοδο σηματοδοτημένη
Αλλά αγάπη μου το χάος ποτέ δεν είναι τόσο όμορφο

Όπως έκανα μια φορά, έπλεξα μια ταπετσαρία από το νήμα μας.

Κατακόκκινα χέρια

Κάθισε κάτω από τα βαμμένα από ελεφαντόδοντο αστέρια, γιατί μόνο το τέρας

πήρε

πήρε

πήρε

Πήρε τη δαντέλα της τάισε το χιόνι και την άφησε βυσσινί, πήρε τα μικροσκοπικά της χέρια, πλάσαρε το σώμα της στο δικό του, το έδωσε στους λύκους και την άφησε με τα απομεινάρια. Της ψιθύρισε στο αυτί της υποσχέσεις για μια αβίωτη ζωή, αλλά όταν εκείνη έριξε μια ερώτηση, της έκοψε την ανάσα.

Μωβ λαιμός, κόκκινα μάτια, καφέ πόρτα, μαύρα κλήματα.

Χρυσόσκονη

Σπασμένα αστέρια

Σε κάθε άλλο σύμπαν, ο Ορφέας γυρίζει, και σε κάθε άλλο σύμπαν η Ευρυδίκη δεν είναι εκεί, αλλά ένας Ορφέας που δεν κοιτάζει πίσω είναι ένας Ορφέας που δεν αγαπά την Ευρυδίκη, οπότε πληρώνει το τίμημα της αγάπης. αιώνιο και σκοτεινό, για πάντα χωρισμένο από τα αστέρια.

www.ingramcontent.com/pod-product-compliance
Lightning Source LLC
LaVergne TN
LVHW041557070526
838199LV00046B/2025